LES BETH-EL.

IMPRIMERIE D'A.-T. BRETON, 151, RUE MONTMARTRE.

ÉTUDE

SUR

LES BETH-EL

PAR

M. GOUGENOT DES MOUSSEAUX.

(EXTRAIT DE LA REVUE DE LA PROVINCE ET DE PARIS.)

PARIS,
AUX BUREAUX DE LA REVUE, RUE GRAMMONT, 15.

1843

LES BETH-EL,

PIERRES DRUIDIQUES, PIERRES VIVANTES,

Unité de la race humaine.

Fille des passions et des ténèbres, l'idolâtrie, vieille de tant de siècles, semble se jouer encore dans un dédale, et, s'abritant au sein de la nuit, jeter le sarcasme et le défi à la face des plus opiniâtres investigateurs. Cependant le raisonnement, guidé par les jalons de l'histoire, la poursuit jusqu'aux pieds du berceau où elle s'est enveloppée de ses premiers mystères.

Ces mystères, ce sont les mythes dont tous les peuples de la terre, dans toutes les régions, ont affublé les traditions primitives; car, partout où se rencontrent ces mythes, il suffit de les démasquer pour reconnaître les traditions, faciles à démêler, aux traits généraux dont le temps n'a su les dépouiller. En effet, dans la prodigieuse bigarrure de tant de croyances, il est à peine un dogme idolâtre qui ne s'adapte, par une de ses faces, à la vérité primitive, centre commun de gravitation. Isolés ou dans leur ensemble, les faits semblent se présenter avec une mission pareille : celle de placer sous les rayons de la lumière ces trois vérités entourées des débris de tant de systèmes : une seule famille humaine, une seule religion, un seul Dieu.

Qu'il nous suffise de jeter un mot en passant sur ce qui concerne les races. Nous voyons, chez les idolâtres, des croyances, ou collatérales ou d'une filiation manifeste, voyager sur la terre avec des peuples consanguins ou engendrés les uns des autres. Ces croyances, enlacées qu'elles sont aux plus antiques annales de ces nations, accusent donc avec elles une origine identique, une même patrie terrestre. Ne comprend-on point, dès lors, que la généalogie des croyances, qui aboutissent à une foi unique et primitive, devient la généalogie des peuples aboutissant comme elles à une même souche.

Lorsque l'esprit s'élève et se place à ce point, *unique et central comme la vérité*, l'échafaudage philosophique de *la multiplicité* des races humaines s'évapore comme une vision décevante.

Loin de nous aventurer ici dans l'immense carrière où se développe l'investigateur lorsqu'il poursuit, au travers des histoires de tous les peuples, l'histoire unique de l'idolâtrie, nous nous bornerons à la saisir dans un de ses modes primitifs, sinon dans le premier de tous ses modes : *les Beth-el*.

Si je me limite c'est que, de cet aperçu spécial, se détachent, pour ainsi dire d'elles-mêmes, toutes les conclusions importantes auxquelles s'arrête le raisonnement après avoir suivi l'esprit humain dans les phases diverses de l'idolâtrie.

Il nous est donc à cœur de savoir quelles furent l'origine, les transformations et la signification des Beth-El. A quiconque voudra traverser avec moi quelques champs d'une apparence aride, je crois pouvoir garantir, sans témérité, des sites variés et des perspectives aussi neuves qu'étendues.....

A peine le mal avait-il fait son entrée dans le monde que la voix de Dieu se fit entendre. Comme si la mort eût épouvanté jusqu'au Créateur, il ne la décréta qu'en annonçant le Messie, *le Médiateur*, le Verbe, celui par qui tout a été fait, l'ennemi donc et le vainqueur de la Mort, ou le salut de l'homme!

Lors de cette promesse du Rédempteur, Dieu déclara qu'il naîtrait de la femme, c'est-à-dire qu'il serait homme par une de ses deux natures.

Heureuse et glorieuse, se disaient les hommes, la famille qui le verra sortir de son sein!

Or, il advint, plus tard, que la malédiction fulminée contre le premier homme qui insulta son père ou la paternité, image et type du pouvoir, que la malédiction fulminée contre Cham, en un mot, exclut ce fils de Noé du privilége de voir sortir de sa race le Sauveur du monde.

Tout porte à croire que dès lors Cham, ou Chanaan et leurs fils, s'évertuèrent à effacer le souvenir de cette mortifiante sentence, en altérant le sens de la prophétie. C'était là, selon le conseil des passions, le moyen le plus efficace de se réhabiliter dans l'opinion des hommes. Mais la malignité humaine ne lutte contre les prophéties que pour les accomplir, et déjà il fallait que le Messie, à peine annoncé, fût pour plusieurs une occasion de chute.

Entre leur projet et son exécution, les fils de Cham trouvèrent aussi leur médiateur ou *moyen*, car c'est là le sens du mot; et ce médiateur ou moyen, ressource facile à la langue humaine, ce fut le mensonge.

Le médiateur ou moyen de la mort commença donc à cheminer, au jour le jour, à côté du médiateur ou moyen de la vie : le Verbe du mensonge à côté du Verbe de la vérité.

Nous allons voir de quelle sorte ils mirent en œuvre le

mensonge, et avec quel art ils étayèrent sur la vérité une partie de leur échafaudage. Bornons-nous à solliciter quelques moments d'attention sérieuse.

La révélation, et avec elle toute l'histoire sacrée, jette de vives lumières sur l'histoire profane; et, *en philosophie*, l'un de nos plus illustres spiritualistes, Malebranche, l'appelle *la base de toute certitude*.

Les hommes, malheureusement assez rares, qui ont apporté dans l'étude de l'histoire quelques notions de philosophie consciencieuse, ne s'avisent guère de la nier. Et de fait, quiconque laissant de côté toute idée religieuse, pousse jusqu'à conclusion, avec J.-J. Rousseau, ses méditations sur l'existence de la parole, se démontre à lui-même la nécessité philosophique d'une révélation. Le Génevois lui prête sa simple formule : « La parole serait nécessaire pour inventer « la parole, » car, sans elle il n'est point de pensée possible, pas même la pensée d'inventer la parole. Ce qui équivaut à dire que, sans la révélation, qui se confond ici forcément avec la parole, puisque c'est la révélation qui nous la communique, l'homme ne peut ni se comprendre ni rien comprendre (1).

Entre mille preuves de la révélation il nous suffisait d'en indiquer une seule pour procéder avec confiance. Cette précaution une fois prise, il est un fait que nous oblige d'admettre le raisonnement, c'est que, dans le principe, Dieu apparut aux hommes et leur parla soit directement, soit par l'entremise de ses anges. Voilà la révélation, vérité sanctionnée de tout temps par les sectes Juives et Chrétiennes les plus dissidentes.

(1) Voy. Maret, *Essai sur le Panthéisme*, p. 255.
De Bonald, *Essai Analytique*, p. 265 b, etc., etc.

Nous dirons plus, par la raison même de *tous les peuples idolâtres*, c'est-à-dire par la raison universelle, car il n'est pas *une seule* religion qui n'ait admis ce commerce primitif de Dieu et de l'homme, ou *la révélation* dont l'idolâtrie ne s'empara que pour la déguiser sous ses fables.

La révélation a donc reçu l'hommage unanime de tous les peuples et de tous les siècles. Aucune nation, aucune puissance humaine n'a pu faire sortir d'une autre source une *religion*, une *morale*, c'est-à-dire *les principes d'une société quelconque*, tant il était évident pour tous que Dieu seul, et non pas l'homme, avait *le droit* de commander à l'homme!

Et ce serait erreur de s'imaginer que cette croyance n'ait été propre qu'à l'homme social. On la retrouve en vigueur jusque chez de stupides sauvages. Il est fréquent, parmi ces tribus barbares, de voir *le politique* (1) qui prétend au gouvernement de sa tribu, parler au nom du Dieu et feindre, pour atteindre son but, des entretiens familiers avec l'Être que la conscience humaine regarde comme la source de tout pouvoir; que ce pouvoir se nomme démocrate ou monarchique.

Cette vérité une fois admise, rappelons-nous que, dans le petit nombre de lieux où le Seigneur leur était apparu, les patriarches avaient élevé des autels, et ces autels c'étaient tantôt une pierre isolée, tantôt une réunion de pierres brutes, premiers monuments du monde.

Quel fut alors le rôle des fondateurs de l'idolâtrie, ces ancêtres des faux prophètes?

Eux aussi prirent leur parti d'ouvrir commerce avec le

(1) Entre autres relations de voyageurs, voy. *la Propagation de la Foi*, tome I, n. 1, p. 35.

ciel, sinon quelle eût été leur valeur aux yeux des hommes? Dieu leur apparaissait, affirmaient-ils; et la vérité des apparitions réelles, manifestée avec trop d'éclat pour donner prise au doute, se trouvait là, comme à point nommé, pour accréditer leur mensonge.

Quelques jours s'écoulaient, et Dieu leur apparaissait encore! A les croire, il les eût fatigués de ses visites; et comme, à côté d'un fourbe, l'humaine imbécillité rassemble toujours un troupeau de dupes, l'autorité de la parole de ces imposteurs fit preuve. Ce fut pour conserver le souvenir des faveurs célestes que la terre se couvrit de monuments pareils à ceux des patriarches.

Voilà par quels artifices les premiers faussaires de la Religion se concilièrent la vénération d'une foule aveugle, et perçurent, chaque jour, un nouveau tribu sur la crédulité superstitieuse et sur les passions; soigneux qu'ils étaient d'ailleurs de les aduler par ces mille voix du ciel si dociles à leurs caprices.

Voilà comment l'Égypte, où Chanaan, où peut-être Cham lui-même a fixé sa demeure, se distingua dans un âge si précoce par la multitude de ses dieux; car, écoutez, bientôt le monument qui n'avait annoncé que la visite du Dieu devint le symbole de la divinité; puis, sans que l'on y pensât, pour ainsi dire, finit par être le Dieu lui-même! Mais j'anticipe. Quant aux patriarches, il n'en fut bientôt plus question; la divinité se révélait à eux si rarement! Car, ces hommes droits et sincères ne savaient pas faire mentir la pierre.

Que ces pierres aient été, sinon la première au moins une des plus anciennes occasions de l'idolâtrie, de ce crime qui, pour prendre position dans l'esprit doit passer par le cœur, c'est ce que démontre la peinture de la plupart des témoignages (1).

Laban craint de jurer alliance avec Jacob qu'il poursuivait. Jacob prend une pierre, il en dresse un monument, et dit à ses frères : Apportez des pierres ; — et, en ayant amassé plusieurs ensemble, ils en font *un lieu élevé*. Alors Laban de s'écrier : ce lieu sera témoin entre vous et moi... *Ce lieu élevé* et *cette pierre* nous serviront *de témoin*... Que le Dieu d'Abraham et le Dieu de Nachor, que le Dieu de leur père soit notre juge. — Laban regarde ce monument comme un point d'où les dieux puissent contempler l'infracteur de ce traité et le punir ; car, le cas que Laban fait de ses idoles cachées, par Rachel effrayée, sous la litière des chameaux, prouve le sens matériel et grossier de ses paroles(2). La suite doit nous amener à en convenir(3).

L'idée primitive attachée à ces monuments se transforma rapidement. Ce ne furent d'abord que les témoins d'un fait historique (4); puis l'imagination, cette cruelle ennemie de la sagesse, voulut que le Dieu lui-même y résidât ; car on l'y avait vu, et c'était là le point de départ de la croyance. Enfin, l'homme qui trouvait si commode de tenir la divinité à ses ordres lui imposa ses pierres comme un séjour obligatoire, prison, temple et sanctuaire. C'était suivre, mais aussi forcer le langage mystique des patriarches qui les avaient nommées Beth-el, c'est-à-dire

(1) Gall-Hed, 31. chap. Genèse.

(2) Voy. Drach, *Lettres d'un Rabbin converti*, tome II.

(3) Peut-être les Térapins ou Séraphins de Laban, objets de tant de discussions, n'étaient-ils déjà que la copie des immuables Beth-il ou Bétyles. Nous ne tarderons pas à voir le sens de ce mot.

(4) *Monimenta* ou *monumenta*.

maison de Dieu. Les idolâtres ne purent attacher à ce mot qu'un sens matériel; la chose devint pour eux le type, et le nom la racine de ces bétyles si fameux chez les anciens : Βαιτυλος (nos aérolithes ou bolides) c'est-à-dire ces *pierres-dieux* qui, selon les païens, se détachent des voûtes célestes pour venir visiter les mortels.

Tels furent les *premiers temples* idolâtres ; tels les voit-on dans la Chaldée, dans la Judée, dans l'Égypte ; tels ils s'élevèrent, sans doute, sous la main savante des Druides, chez les nations de race celtique dont l'antiquité ne le cède à aucun peuple de la terre (1). Le monde entier dut s'en couvrir, si l'on accorde que le culte des colonies émigrantes ne peut différer essentiellement, dans le principe, du culte de la mère patrie.

Nul ne l'ignore, l'esprit humain est progressif et condamné, par sa belle nature, à ne trouver qu'inquiétude et agitation dans l'erreur qui ne le guérit d'elle-même que par ses excès. Or, il faut le répéter, après avoir fait du temple le vêtement de la divinité, un pas de plus conduisit à y voir la forme sensible du Dieu. Le contenant devint le contenu. L'homme aidant, Dieu était devenu si petit ! En effet, jusque chez les nations les plus savantes et les plus sensées de l'antiquité, la raison, esclave des sens, voyait s'obscurcir toutes ses lumières et tombait à chaque pas des chutes les plus honteuses, lorsque, ayant oublié son auteur et cédant le pas à l'imagination, elle laissait celle-ci s'exercer sur l'essence de Dieu et le façonner à sa guise.

Le symbole de la divinité devint donc la divinité même, et

(1) J'espère démontrer, chemin faisant, ce que j'avance. Voy. *le docte Achaintre père, Gaulois,* art. 4. *Bulletins de l'Académie Ebroïcienne*, 1834.

vainement quelques érudits, ennemis du christianisme, se sont-ils efforcés de nous faire voir les plus ingénieux, les plus poétiques emblèmes sous les plus grossières superstitions du paganisme. La pierre et le bois étaient véritablement dieux. Cela était de dogme ou de croyance rigoureuse. Ils se changeaient *par la consécration au corps du Dieu* que le ciseau avait enfanté. Empruntons de rechef à Bergier quelques citations :

Le roi de Babylone adorait comme Dieu, et non comme symbole ou image la statue de Bel. C'était à son avis, et au jugement de ses peuples, un Dieu de fort bon appétit, et qui ne se contentait pas de boire et de manger comme quatre. Vainement Daniel se fût-il efforcé de le désabuser par la puissance du raisonnement qui n'agit que sur la classe, passablement rare, des gens raisonnables. Il fallut, pour le convaincre, lui faire toucher du doigt la supercherie de ses prêtres, et le prendre, comme une brute, par les sens, pour revivifier son intelligence.

Diogène Laërce nous apprend que le philosophe Stilpon fut chassé d'Athènes pour avoir dit que la Minerve du sculpteur Phidias n'était pas une déesse ; et Porphyre (1) enseigne que les dieux *résident* dans leurs statues, qu'ils y sont comme dans un lieu saint. Enfin, pour abréger, Proclus dit que les statues attirent à elles les génies et en contiennent l'esprit en vertu de la consécration (2).

(1) Ce même Porphyre, ennemi des Chrétiens, dit des prophéties qu'elles sont si claires, que semblables à l'histoire, elles doivent n'avoir été écrites qu'après l'accomplissement des faits ; tandis que les Juifs, ces autres ennemis, attestent encore aujourd'hui, comme ils l'attestaient à Porphyre, la haute antiquité de ces livres. — Lutter contre le Christianisme, c'est aider à son triomphe !

(2) Se se (les Siciliens) *jam ne Deos quidem in suis urbibus, ad*

Maintenant, après avoir énoncé ce culte primitif des pierres, il serait intéressant de rechercher la cause du choix exclusif que les premiers hommes en firent pour élever leurs premiers monuments de témoignage, dégénérés d'abord en temples, puis en idoles. Peut-être de ces pierres, consacrées si longtemps au mensonge, serait-il facile de reconstruire un auguste édifice à la vérité. Si ces paroles semblent étranges, je ne m'adresse qu'à des esprits éclairés ; l'indulgence d'attendre celles qui les expliquent leur coûtera peu.

La pierre, et sans doute elle est le plus ancien symbole que la tradition mentionne, la pierre c'était le *symbole du Christ*, promis au père de la seule race humaine qui ait peuplé le monde. Voici beaucoup en peu de mots.

Dans tous les lieux où les colonies issues des fils Noé ont porté leurs pas, le souvenir de cette promesse et ce symbole, dont l'idée avait été comprise des patriarches, leurs auteurs suivirent leur marche et prirent racine avec elles sur le sol. Mais, à mesure que l'homme s'abrutit, que l'intelligence se dégrada, le symbole matériel prévalut sur l'idée dont il n'avait été que le *memento* et dont il ne subsista bientôt plus que le signe, monument de la décadence de l'esprit, et témoin accusateur de la paresse de l'intelligence et de la fougue des passions.

Le premier point essentiel à établir, c'est que la pierre fut bien réellement le symbole du Christ. Jetons d'abord un coup d'œil sur les lettres de Drach, le savant et profond rabbin (1).

quos conjugerent, habere: quod eorum simulacra sanctissima C. Verres ex delubris sanctissimis sustulisset.

Cicéron, *in Verrem* I, chap. 3.

(1) *Lettres d'un Rabbin converti*, tome II.

Le patriarche Jacob (1), fidèle, on peut le croire, aux leçons et aux croyances de ses pères, après avoir parlé des tribulations de Joseph, s'écrie : Mais son nom est en force ; ses bras et ses mains ont conservé leur souplesse, par les mains *du puissant Dieu* de *Jacob*, d'où vient le pasteur, la pierre d'Israël (2).

Ailleurs Jacob, pour conserver le souvenir de sa fameuse vision, l'échelle mystérieuse composée des trois degrés de la divinité, dans laquelle il a reconnu l'homme-Dieu, médiateur entre son père et les enfants d'Abraham ; Jacob, disons-nous, prend la pierre qui avait été sous sa tête et il en fait un oint, un Messie (3). Et cette pierre que j'ai érigée en monument sera la maison de Dieu, *Beth-el*. Comment *une seule pierre* peut-elle être *la maison* de Dieu, si vous ne dites quelle est la figure de *l'oint divin*, qui dit *de sa personne* : Détruisez ce temple, et, en trois jours, je le rétablirai (4).

Dans la Genèse, chap. 31, il est dit que l'ange de Dieu, non pas un ange ordinaire, mais que l'ange qui est la seconde hypostase de la divinité, apparut à Jacob en Mésopotamie, et lui dit : *Je suis le Dieu, maison de Dieu. Annabi haël Beth-El.*

Beth-El signifie maison de Dieu, Beth-el est le nom que

(1) Né l'an 2,206 avant Jésus-Christ, quinze ans avant la mort de son aïeul Abraham. — *Art de vérifier les dates.*

(2) *Pastor egressus est lapis Israel.*

Genèse, chap. 49, tome XXIV.

(3) Messie en hébreux, et Christ en grec, signifient *oint*. Ne sachant point l'hébreu, je cite d'après Drach.

(4) Vol. II, p. 194, 195, 196, par sa résurrection. — Id. Voy. sur cette pierre, *Saint Jérôme, lettre* tome 43, II, édit. de Paris 1704.

Jacob impose, après sa vision, à la ville où il a passé la nuit, et qui s'appelait auparavant *Lusa*. La pierre et la ville ou elle devint *la pierre ointe, la maison de Dieu,* se confondirent. sous le même nom. Où naît le Christ? le Dieu Beth-el? à *Beth-léem*, la maison du pain, du pain descendu du ciel; la maison de la manne qui est la pierre, dit Philon; laquelle pierre figure le Christ, pain de la vie. — Tout s'enchaîne, ainsi le Christ naît dans sa maison, la maison de Dieu.

Car l'écrivain sacré appelle *cette même pierre Manne*, le verbe divin, plus ancien que tous les êtres (1). Celui dont il est dit : *ego hodiè genui te. Hodiè*, pour l'Éternel, nous le savons tous, c'est ce qui est, fut et sera : l'éternité.

Le divin Messie s'applique lui-même ce verset de David : Ps. 118, v. 22. La pierre, rejetée de ceux qui bâtissaient, est devenue la *pierre de l'angle*.

Le thalmud, traité Zona fol. 53, 54, nous apprend que lorsque l'arche sainte manquait dans le sanctuaire, *l'habitation de Dieu*, il y avait à sa place *une pierre* qui s'y trouvait déposée depuis les jours des premiers prophètes; et schetya, *pierre fondamentale*, était son nom. La tradition enseigne que le monde a été fondé sur cette pierre, et saint Jean dit de celui dont elle est le symbole : *per quem omnia facta sunt*, celui par qui tout a été fait.

L'apôtre des gentils en parlant de la pierre qui a suivi les Juifs *dans toutes leurs migrations*, a dit : *petra autem erat Christus :* cette pierre c'était le Christ, p. 182.

Nous le demandons, n'est-ce pas la même figure que répète le Christ lui-même, lorsque s'adressant à son premier continuateur, il lui dit : *Tu es pierre*, et sur *cette pierre*

(1) P. 185.

je bâtirai mon église? Voilà la pierre fondamentale, la tête de l'angle qui domine les *Ruines de la vieille Rome!*

Les commentateurs chrétiens qui ne connaissaient pas les traditions des Juifs ont cherché à expliquer de différentes manières ces paroles de saint Paul : *consequente eos petrâ*, c'est-à-dire, lorsque la pierre suivait les Hébreux. Tous les rabbins enseignent que les enfants d'Israël ne se séparaient en aucun cas de ce rocher, ainsi que le dit ici l'apôtre, disciple du rabbin pharisien, Gamaliel. Tertullien, *in baptismo*, confirme cette tradition : *Hæc est aqua quæ, de comite petrâ, populo defluebat* : cette eau est celle qui jaillissait pour le peuple du sein de la pierre qui l'accompagnait....

« Jésus-Christ a été *la pierre*, dit le Seigneur, contre laquelle l'ancien peuple est venu se briser. Je la place maintenant *pour base de la nouvelle Sion*, comme *une pierre isolée*, glorieuse, angulaire. Ceux qui espéreront en elle vivront éternellement. — Quoi! direz-vous, est-ce que votre espérance repose sur une pierre? — Il faut entendre par cette pierre l'humanité entière de Jésus-Christ, sur laquelle le Seigneur a fondé l'édifice, comme sur une base solide. Les architectes l'ont rejetée, et Dieu l'a mise à la tête de l'angle.

Ailleurs nous lisons : « A ces mots, il enleva Hermas en Arcadie(1) sur une hauteur, et de là il lui montra une grande plaine, environnée de douze montagnes de diverses formes, au milieu de laquelle s'élevait *une pierre énorme*, beaucoup plus haute que toutes ces montagnes, et *assez forte*

(1) Pères de l'Église, pub. par M. de Genoude liv. I, p. 150.

pour porter l'univers.... Le fils de Dieu est la pierre antique qui existe avant toute créature, et sur laquelle repose l'univers (1). »

Dans le songe de Nabuchodonosor, cette pierre qui se détache de la montagne renverse et brise le colosse aux pieds d'argile, c'est encore le Christ.

Quelle opiniâtreté dans cette figure, qui partout reparaît et toujours la même!

« Tout ce que l'Écriture et la tradition nous apprennent de cette pierre est une fidèle image de ce qui est arrivé au Christ. Qui a donné cette pierre au peuple? une Marie (2), sœur de Moïse, que l'Écriture appelle une vierge. Quand la pierre fit-elle jaillir de ses flancs des torrents d'eau pour rappeler à la vie les Hébreux qui *périssaient de soif*? Lorsqu'elle eut été frappée par la synagogue, que représente Moïse son premier docteur. Moïse frappa le rocher une fois et il n'en distilla que des gouttes, une deuxième fois et il en sortit des eaux abondantes. — Notre Seigneur fut frappé une première fois dans la flagellation, et, de son corps, il ne distillait que des gouttes; frappé une deuxième fois sur la croix, il fit jaillir de son flanc une abondance d'eau et de sang qui rappelle à la vie ceux qui périssent (3). »

Ces citations presque littérales, tirées pour la plupart des savantes recherches de Drach, auront suffi, je pense, sans qu'il soit nécessaire de les multiplier. — Elles nous auront appris à savoir quel est celui que représentait la pierre; car, *cette pierre fondamentale, base de tout ce qui est,*

(1) P. 174, 176.
(2) Thalmud.
(3) P. 201, 202, 203. vol. II. Drach

cette pierre symbole y révèle avec éclat son idée : le Dieu immuable, inébranlable. La divinité s'est complue dans cet emblème de la *solidité*, de l'*immutabilité*. La tradition, les Écritures, le témoignage des rabbins et des apôtres se groupent en faisceau pour lever toutes les hésitations; et si, d'ailleurs, il en pouvait rester, l'histoire même des superstitions païennes conduirait l'esprit, d'inductions en inductions, à ce but d'où le doute s'efforcerait vainement de l'expulser.

Répétons-le, si nous remontions le torrent des âges sous les nuages qui l'obscurcissent, nous arriverions, presque invariablement à la découverte des cultes dont l'objet originaire fut le même, dont le symbole primitif fut identique, et dont les bases avaient été les mêmes promesses, c'est-à-dire les mêmes prophéties divines, plus ou moins adultérées selon le degré d'abrutissement ou la fertilité plus ou moins grande des passions et de la poésie des peuples.

Maintenant, si nous observons que pour se rapprocher, soit dans le temps, soit dans l'espace, de l'origine de toutes ces croyances, contemporaines de l'enfance des principaux peuples et dont elles ont accompagné les migrations, il faut, de quelque point du temps ou de la circonférence du globe que l'on veuille partir, aboutir à un même point central; nous arriverons, je pense, à conclure que ces croyances, non moins que ces peuples si variés de formes, découlent d'un centre unique et d'un seul homme, dépositaire d'une seule foi ,et créé par un seul Dieu.

Mais retournons à la pierre pour la suivre dans ses métamorphoses. — Nous avons dit que les hommes, après avoir adoré, dans *la pierre monument*, la maison de Dieu, puis son enveloppe réelle, firent un pas de plus et l'adorèrent comme sa substance palpable. La progression était toute logique, toute simple pour une nature corrompue et poussée par une force irrésistible au mouvement. Car il ne peut lui être donné de trouver le repos et les douces allures de la paix hors des voies de la vérité, qui sont celles de son développement normal, de sa perfection.

La pierre divinisée reçut d'abord les honneurs du culte sous sa forme primitive. Ces dieux que l'homme façonna plus tard, comme si, possédé de la manie de parodier le pouvoir, il eût voulu rendre la pareille à son créateur, ces dieux ne devaient perdre leur simplicité qu'à mesure qu'il s'écartait de la sienne. A ce sujet, rendons la parole à Drach, l'ancien rabbin : « Le culte que nos pères (fils de Sem), rendaient *au Messie*, dans la *pierre Beth-el* de Jacob, conservée au sanctuaire du temple de Jérusalem, fut *bientôt imité* par nos voisins de Phénicie (fils de Cham), qui avaient avec nous une langue commune. De là s'est répandu le culte des pierres Bétyles (Βαιτυλος, bétyle, ou abbadir), appelées aussi *lapides divi*, *pierres divines ou vivantes*, comme les pierres animées du temple de Diane de Laodicée que mentionne Ælius Lampridius (1).

« Ce sont là les pierres qui ont une âme, λιτους εμψυχους la pierre Jupiter, *lapis Jupiter* (ou *Jovis*, de Jehova), que nous retrouvons dans toute l'antiquité païenne. Rome idolâtre appelait cette pierre Abbadir, nom formé de deux mots hébreux Ab-addir, père puissant. »

« Jupiter s'appelait pierre, » et nous espérons expliquer, plus bas, la cause de ce nom. Le serment le plus solennel et le plus sacré chez les païens était d'invoquer ce dieu en tenant à la main une pierre. De là le proverbe latin : *Jovem lapidem jurare*, c'est-à-dire jurer ces grands dieux, ou ju-

(1) Contemporain de Dioclétien et de Constantin.

rer par la pierre qui est *Jove* ou *Jehova*, nom de Dieu en hébreu. « Je suis prêt, dit Phavonius, à jurer par *Jupiter pierre*, ce qui est le plus sacré de tous les serments, que Vergitius n'a point écrit cela. »

Chez les adorateurs du vrai dieu, ces pierres furent bientôt proscrites. *L'idolâtrie devint le motif de cette prohibition du Deutéronome* : « Et tu n'exigeras pas de monuments d'une seule pierre, *Matzéba ;* car Jéhova, ton dieu, le déteste. » Et quoique, aux jours des patriarches, la *Matzéba* (1) fût agréable à Dieu, il la déteste maintenant parce que *les Chananéens* en ont fait *un culte idolâtrique*.

La contagion de l'exemple fut rapide. Ces bétyles ou pierres divines du paganisme étaient, comme le Beth-el (que Jacob oignit d'huile, afin qu'il figurât plus rigoureusement le Christ, mot qui signifie oint), des pierres de formes diverses, honorées et consacrées par des onctions d'huile. « On les croyait animées, puisqu'elles se mouvaient et s'élevaient même en l'air ; circonstance qu'on ne révoquait pas en doute. Ces pierres étaient consultées *comme des oracles dans les circonstances importantes*. »

« Damascius (vie d'Isidore) avoue qu'il était persuadé que le bétyle avait quelque chose de divin ; et Arachius (contre les païens) assure qu'avant d'avoir embrassé la religion chrétienne, il adorait toutes les pierres ointes d'huile, comme si la divinité y demeurait réellement. »

« Damascius, qui était païen, a vu, ce qui s'appelle vu, un bétyle qui se mouvait en l'air.

(1) Entre Délibas et Stynna se trouvent les Mysibata, pierres prophétiques, élevées par le dieu Ouranos, le ciel ; *τα μισυβατα μαντειω λιθω* — en hébreu Matzébeth. Ph. Lebas, *Revue des Deux Mondes*.

La plupart des bétyles n'étaient autres que ces pierres noires appelées de nos jours aérolithes ou bolides; pierres ou projectiles de l'air, dont les chutes sur notre planète deviennent si fréquentes. Les astronomes et les géologues n'en ont pas encore démontré l'origine avec certitude. Cependant un fait est positif, c'est que souvent un globe de feu, entouré des grondements et des éclats de la foudre, roule dans l'atmosphère, y jette les lueurs d'un sinistre embrasement, vole, siffle et s'éteint en frappant le sol. Qui n'a vu, qui n'a, du moins, entendu dépeindre ces phénomènes vulgaires? A la place où la terre a reçu le coup du ciel, l'œil découvre un aérolithe. Quelquefois même, *dit-on*, l'électricité qu'elle porte dans son sein, isolée du sol, peut-être par quelque couche vitreuse, châtie, par une commotion violente, la main trop empressée qui ose la profaner; c'est là le dieu qui repousse le mortel, le dieu descendu sur les ailes de la foudre pour s'offrir aux adorations des humains. La pierre, c'est la pierre vivante, la pierre divine; elle se mouvait dans l'air, et les yeux pouvaient l'y voir. Il est facile de s'imaginer le respectueux effroi dont l'esprit des idolâtres devait rester frappé à l'aspect de ces magiques et éclatants météores.

Un fait encore, c'est que ces pierres ne se donnaient pas toujours la peine de descendre du ciel. Le travail du ciseau suppléait à la fréquence de leurs visites et à la sublimité de leur origine; la conquête du globe semblait assurée à leur matière et à leur forme. Telle était encore la force de la tradition et du symbole, lors même que le sens du symbole avait disparu. Les preuves de cette assertion abondent.

« Pierre de la Vallée, t. IV, rapporte qu'*aux Indes* un grand nombre de divinités sont adorées sous la forme d'une simple pierre, et Tavernier a remarqué dans *la pagode de*

Bénarès une idole de marbre noir. La statue du fameux Krishna, de la *même pagode*, est également en marbre noir; et une des principales cérémonies prescrites aux prêtres de ces idoles est d'*oindre* tous les jours ces pierres d'huiles odoriférantes, » d'en faire des *Messies*, des *Christs*; on se rappelle que ces deux mots signifient *envoyé*, *oint*.

Le Sammonacédon des Siamois n'est qu'une grande pierre pyramidale de couleur noire.

Qui n'a connaissance de la pierre noire déposée dans le coin sud-est de la Kaaba de la Mecque? Ce fut l'ange Gabriel qui l'apporta du ciel, selon la croyance des Mahométans. Et si l'on se demande l'origine de cette croyance, peut-être Hérodote nous la laissera-t-il deviner, car il nous apprend que les Arabes juraient alliance sur une pierre, les Arabes, ces fils d'Ismaël, voisins des fils de Jacob.

Enfin Pausanias parle d'une pierre conservée religieusement dans le temple de Delphes. On l'oignait d'huile presque tous les jours, mais principalement les jours de grande fête. C'est là, sans doute, le fameux *omphalos* érigé près du trépied, et représenté sur plusieurs médailles, que mentionne le savant Raoul Rochette.

Sur quelque point du globe que le caprice de la pensée nous transporte, nous retrouvons le culte de la pierre, plus utile peut-être pour constater l'unité primitive de la foi, et par cette unité, celle de la race humaine, que ces autres pierres, les blocs erratiques, ne le sont au géologue pour défendre sur tous les points de la terre l'existence d'un déluge universel.

Accordez-nous quelque peu le plaisir des voyages et des recherches. « Maxime, de Tyr (1), nous apprend que Vé-

(1) Sermo 58.

nus était adorée à Paphos, en Chypre, sous la figure d'une pierre blanche en forme de pyramide. Tacite, après avoir donné de cette pierre la même description, ajoute ces paroles remarquables : « Et la raison pourquoi elle n'avait pas de figure humaine était toute mystérieuse ; *ratio in obscuro* (Hist. lib. 2). » Notons cette obscurité, peut-être la dissiperons-nous tout-à-l'heure.

Pessinunte florissait en Phrygie, et l'on veut que cette contrée ait été la patrie de notre aïeul Gomer, petit-fils de Noé par Japhet. Ce fut de ce point environ que s'élancèrent, dans les régions européennes, les descendants de cet auteur des redoutables nations celtiques. Or, la grande divinité de Pessinunte, qui ne le sait ? c'était Cybèle ; et Cybèle, à qui permettrons-nous de l'ignorer ? c'était *la mère des dieux*. Qu'était donc *cette mère des dieux ? une pierre !*

Elle fut transportée à Rome avec toute la pompe des plus imposantes cérémonies. Attalus, roi de Pergame, en fit présent au peuple romain, et voici, sur ce fait, le récit de Tite Live : « Attalus accueillit avec bienveillance les envoyés du peuple romain, les conduisit à Pessinunte en Phrygie, et leur livra, pour la transporter à Rome, *la pierre sacrée* que les régnicoles appellent *mère des dieux*.

La mère des dieux ! comme s'il eût été question d'établir *d'un seul mot* que cette superstition engendra toutes les autres ! Et nous nous trouvons fort enclins à reconnaître une citation de ce genre. — D'abord, répétons-le, on honora la pierre beth-el ; puis on y vit la divinité même, et aux honneurs succéda l'adoration. Ensuite on lui substitua le bétyle, la pierre semblable à celle de Cybèle. — Plus tard, enfin, on ne crut pouvoir refuser à cette pierre, dont la physionomie devenait de plus en plus burlesque aux yeux des beaux esprits railleurs, la faveur d'une tournure un peu moins rustique que celle qu'elle apportait de son pèlerinage aérien, réel ou prétendu (1). Dès-lors au sanctuaire le privilége de faire les dieux! Nous emprunterons bientôt à l'illustre archéologue Raoul Rochette un aperçu de ces transformations.

Elles ne furent point, d'ailleurs, universelles; et à Paphos, en Chypre, par exemple, l'homme n'osa rien innover à la divinité. C'est là ce qui me conduit à penser que les prêtres de cette île avaient conservé plus intactes les traditions originaires des Beth-El, la connaissance de la valeur symbolique de la pierre. Ils durent, s'il en fut ainsi, s'opposer à toute innovation, ne fût-ce, peut-être, que pour avoir moins à rougir de leur culte devant le petit nombre de sages *réellement* initiés à leurs mystères; de ceux, au moins, que l'ordre de leur hiérarchie appelait à leur succéder. Pour le vulgaire, pour les sages qui ne pouvaient se déplacer, la raison en demeurait toute mystérieuse, comme il nous est maintenant facile de comprendre qu'elle dut l'être pour Tacite, *in obscuro*.

Cet efféminé si fameux par ses turpitudes et sa soif de sang, et que les révolutions élevèrent à l'empire, Héliogabale, prêtre du soleil chez les Phéniciens descendus de Cham, apporta son dieu d'Énèse à Rome. C'était encore une pierre noire, en forme de cône. Dès lors il défendit d'en adorer aucune autre. Il lui bâtit un temple dont il était le pontife, et voulut y faire établir le feu qui se gardait en celui de Vesta, disant que les autres dieux n'étaient que les serviteurs du sien.

Théophraste nous apprend, dans son *Traité de la Superstition*, que les anciens avaient des tas de pierres sacrées

(1) Un ami me rappelle ce proverbe italien cité dans Corinne, *Corse fama la prima statua essere caduta dal cielo!*

dans les carrefours; et qu'on les y adorait en y répandant de l'huile, c'est-à-dire en les faisant Messie-Christ.

Telles étaient probablement dans les Gaules les collines de Mercure (1), c'est-à-dire ces monceaux de pierres que les voyageurs élevaient en l'honneur du dieu protecteur des routes et du commerce. Et Mercure appartenait à la même contrée et à la même race que Cybèle, adorée comme *la mère des Dieux* sous le symbole de la pierre qui était le symbole du *Christ*.

Mercure fut, en effet, selon les plus fortes probabilités, un de ces premiers et puissants princes d'origine celtique, dont les dynasties s'étendirent des terres de l'Asie aux détroits de Gades. Mercure était fils et favori de ce Jupiter secrètement élevé, ainsi que nous l'enseigne Eusèbe (2), par les Curètes dans l'île de Crète, c'est-à-dire par ceux qui étaient les bardes et les druides de ces peuples.

Quant à Jupiter lui-même, il devint urgent de soustraire ce roi futur de l'Olympe (3), où il établit réellement sa ré-

(1) Mercure, c'est-à-dire en langue celtique, l'homme du commerce (de *Marc*, marché, et *ur* ou *our*, homme.) Je cherche vainement dans les dictionnaires français et dans les recueils que j'ai sous la main le mot *merger*, fort usité dans ces contrées, soumises jadis aux Romains et conséquemment à la langue latine. Ce mot signifie un amas de pierres et l'étymologie en est évidente.

Mer*curii ag*ger, monceau de mercure, ou mer-ger.

(2) *Curetarum.... a quibus Jupiter absconditus est et nutritus.* Chronique d'Eusèbe.

(3) Mont Olympe, centre de son empire. « *Quod Olympus ambiguum nomen est et montis et cæli. In Olympo autem Jovem habitasse docet historia, quæ dicit : Eadem tempestate Jupiter in monte Olympo maximam vitæ partem degebat, et eò ad eum in jus veniebant.* »

Lactance d'après Ennius. — *De falsa Religione*, p. 8. B. éd. lat.; Bâle, 1532.

dence après ses triomphes, à la cruelle superstition de Saturne, son père. Et voici pourquoi, c'est que les devins de ce farouche dominateur l'avaient menacé d'être détrôné par son fils. Aussi lui-même avait-il précipité du trône Uranus (1), son père, à l'instigation de Titéa ou Gée (2), sa mère, furieuse des infidélités d'Uranus et exaspérée de ses infanticides.

Permettons-nous une digression sur ce Jupiter ; car, en scrutant les nuages sous lesquels son humanité se divinise, nous arrivons à saisir un nouveau sens du serment redoutable de *Jupiter Lapis*, dont la relation précède.

En deux mots voici l'histoire dont la fable est tout imprégnée : Titan, irrité contre son frère Saturne, était parvenu à s'emparer de la personne de ce prince. Jupiter, né valeureux et habile, oubliant les torts de son père à son égard, s'élança de la Crète, sa retraite, ramassa une armée, une flotte, et, à la tête de ces forces (dans une dernière bataille près de Tortose, au nord de Cadix (3), foudroya

(1) Uranus, l'homme du ciel, *l'astronome*, de *Ur* homme, et de *En* ciel ou χρονος, qui signifie en celtique *le couronné*, car il fut le premier qui, selon Tertullien *de Corona*, et d'après Perycide, ceignit un diadème. S'il fut astronome et mesura le temps, les Grecs purent faire de son nom celui du temps même, *chronos*; car eux aussi étaient d'origine japhétique — *audax Japeti genus.* — On peut encore tirer ce nom de Keren, hébreu, racine de Κερας, grec, qui signifie corne, puissance, dont le diadème que ceignit Uranus est l'attribut : *Cornu ejus exaltabitur in gloria.*

(2) *Tit* veut dire *terre* en celtique, comme γη en grec; Gée, peut-être Titea favorisait-elle l'agriculture? Je tire ces étymologies de la *Grande Histoire universelle anglaise*, ouvrage médiocre, si ce n'est du côté du nombre des volumes.

(3) *Grande Hist. Univ. angl.*, tome VIII, p. 199.

Tiré de l'*Historia sacra* d'Ennius. Lactance, même édition, p. 10, B. C. D.

cet oncle dont les fils, aussi audacieux que le père, étaient également destinés à tomber un jour sous ses coups.

Voilà le récit de Lactance. Sans insister sur le plus ou le moins de certitude de ces événements lointains, il nous suffit de rappeler que Cybèle (1) pour sauver la vie de Jupiter, livre à Saturne *une pierre* qu'elle lui donne comme étant le nouveau-né, et que le père impitoyable la dévore.

Or, quelque myope et rustre que l'on suppose le dieu Saturne, je n'hésite pas à proclamer l'impossibilité de l'erreur à l'aspect et au goût d'un pareil aliment.

Lors donc que nous cherchons le mot de l'énigme d'une croyance si extravagante, les notions précédentes nous le révèlent. N'est-il point à penser qu'au temps où cette fable se produisit, elle prit pour point de départ *les croyances régnantes ;* croyances qui se dépouillent de leur caractère apparent de stupidité si peu que l'on veuille remonter à leur source, *les traditions!* La pierre, symbole de la divinité, était déjà devenue la divinité même. Qu'une pierre naquît d'un Dieu, c'était donc la chose du monde la plus logique, puisque la pierre était là substance dans laquelle la divinité se complaisait. Les hommes, en ne prêtant au dieu générateur, formé à leur image, que la dose commune de bon sens humain, pouvaient donc *raisonnablement* supposer qu'il prît une pierre pour sa progéniture. Ainsi, sans troubler dans l'esprit la vraisemblance de leurs fictions, que le temps seul, *en emportant les restes de la tradition, devait leur rendre si méprisables,* le Jupiter de chair et d'os échappait à la voracité de Saturne, trompé par le côté où pouvait l'être un dieu de fabrique humaine. Et, dès lors,

(1) Cybèle ou Rhéa; Rhée en celtique signifie maîtresse — *Dame, Domina.*

restait à ce même Jupiter *le nom de pierre*, sous lequel sa naissance avait été proclamée : *Jupiter Lapis*.

Nous ne sachions point que l'on ait offert d'autre explication de ce surnom de Jupiter Lapis, Jupiter pierre, ni de l'origine de ce serment, *Jovem* (Jehova) *lapidem jurare*, jurer par Jupiter pierre, c'est-à-dire par Jupiter qui, naissant Dieu, *naît pierre, parce qu'il sort du père qui engendre la pierre, symbole primitif du Dieu fils*. Celle que nous osons présenter nous semble d'une probabilité d'autant plus forte, qu'elle se conforme à la tradition primitive universellement répandue et transparente sous tous ses voiles.

Après s'être convaincus par l'inspection de la pierre Phrygienne, *Cybèle, mère des Dieux*, de la pierre ointe de Delphes et de tant d'autres témoins du même genre, que cette antique tradition régnait parmi tant de nations orientales, peut-être trouvera-t-on que ces preuves reçoivent un surcroît de force de l'examen des monuments celtiques antérieurs à la construction des temples chez ces peuples, c'est-à-dire aux invasions des Romains.

Qu'étaient donc ces temples, ces autels ? Tantôt une pierre isolée, tantôt des lignes de pierres. On s'imagine, en les contemplant, revoir les Beth-El primitifs.

Ici même, à deux lieues de l'endroit où sont tracés ces mots (Coulommiers), un de ces blocs solitaires se dresse sous le nom de Pierre-Fitte, commun à plusieurs monuments du même genre. C'est à l'extrémité d'un étang, dans une région sévère et rebelle encore à la culture, où les eaux n'abandonnent qu'à regret leur domaine, et ne le cèdent sans retour qu'aux plantes robustes des forêts. L'origine du monolithe qui nous occupe n'a rien de naturel, même aux yeux du vulgaire.

Je laisse parler une légende. L'enchanteur Merlin, ministre d'Arthur, de la table ronde, le laissa choir un certain jour que ses graves et pressantes affaires le portaient à chevaucher dans les airs. Quelques profanes osèrent s'arrêter à l'idée de déraciner cette pierre. Stériles efforts, vainement répétés! Car, sachez-le bien, eussiez-vous creusé le sol d'autant de pieds qu'elle le domine, demain, à l'aurore nouvelle, vos yeux verront l'excavation remplie, la terre raffermie, l'herbe repoussée et verdoyante. Vainement la bêche l'aurait-elle séparée du sol; la terre repousse le divorce que le fer lui impose. Tel est le dernier miracle que la foi traditionnelle des savants campagnards du pays rapporte avec une ferme naïveté (1). Mais, aux yeux de quiconque

(1) Je dirai plus, par le nom de Merlin, cette pierre pourrait bien se rattacher au monument de *Stone-Heuge* que je m'apprête à décrire et dont une des illustrations est le voisinage de la sépulture de Merlin ou Ambroise, *Ambres-Bury*, car Ambroise était aussi le nom vulgaire de Merlin. Quoique cet enchanteur, ou *savant*, ait vécu à l'époque de la décadence du culte druidique, l'érection d'une pierre unique n'est pas une entreprise au-dessus des forces d'une religion qui s'éteint; peut-être d'ailleurs, son nom ne s'y trouva-t-il lié que par quelque sacrifice solennel, par quelque consécration naturelle. — Merlin chevauchait par les airs; *c'est-à-dire* qu'il volait au travers des Gaules sollicitant des peuples celtiques de prompts secours pour leurs frères de la Grande-Bretagne, envahis par les Saxons que martelait le bras valeureux d'Arthur son maître, héros qu'épuisaient ses victoires....... Mais, étranger que je suis à l'école de Vico; j'ai hâte de fuir le champ des conjectures. A d'autres de suivre, si le cœur leur en dit, ce rapprochement que j'indique. Mon but n'est pas de faire moisson de cette rouille précieuse dont se repaissent les antiquaires. — Des vérités utiles, voilà ce que je poursuis. Je ne saurais même fournir des preuves de cette légende, je cite ici de souvenir. Une autre version *populaire* veut que ce soit sainte Flodobergue qui ait laissé choir ce bloc. Voilà toujours la pierre tombée du ciel, le bétyle; corruption de Beth-el. On reconnaît dans une superstition chrétienne une autre superstition païenne

a vu des monuments celtiques, c'est là le Beth-El druidique la pierre-temple-maison de Dieu, ointe du sang des sacrifices, comme ces vieux chênes de la Scythie que mentionne Hérodote (liv. 4), et placée dans les circonstances de lieu affectées par les ministres de ce culte antique.

« Ces pierres Beth-El devinrent avec le temps les deux colonnes que nous retrouvons à l'entrée de tous les temples, sans en excepter celui de Jérusalem (1), » comme pour y rappeler aux peuples l'origine de leurs sanctuaires.

Maintenant, comme dans la plupart des religions le temple fut le hiérogramme ou la peinture sacrée du Dieu, et que c'était flatter le dieu des temples païens, qui triomphe de l'homme sous l'apparence du serpent, que de reproduire cette forme, monument de sa victoire, nous voyons fréquemment ces Beth-El celtiques, dont les blocs nous frappent d'étonnement par leur masse et quelquefois par leur multitude, reproduire l'image de Dieu, et nous rappeler encore une des premières traditions du monde, consignée dans la Bible. « Ainsi, » dit John Bathurst dans sa dissertation sur les Dracontia, temples destinés à perpétuer le souvenir du Dragon ou Serpent, « les sinuosités du monument de Carnac, en Bretagne, sont évidemment affectées en imitation des replis d'un reptile, dont les muscles, tour-à-tour abaissés ou relevés, sont fidèlement reproduits par les grosseurs inégales et ondoyantes des pierres. Et pour confirmer sa théorie, Bathurst rappelle que soit en *vieux Persan*, soit en *vieux Breton*, le nom de Carn-Hack signifie la montagne du Serpent.

Peut-être retrouverait-on dans le fameux monument de

qui naquit elle-même d'une vérité représentée dès l'origine par un symbole : la pierre Beth-el.

(1) Raoul Rochette.

Stone-Henge (1), à quelques milles de Salisbury, l'image du même dieu, lorsque se roulant en orbes, il trace de son corps le symbole de l'éternité. Ce temple merveilleux se compose de *pierres levées,* semblables à celles de *Pierre-Fitte*, mais de dimensions plus imposantes, et disposées en ellipses concentriques. Malgré tant de bouleversements, tous ces énormes piliers monolithes ne jonchent pas encore le sol. J'en comptai seize encore qui prêtent l'appui de leur cône à huit blocs transversaux ; jougs effrayants qui se dressent au-dessus de la tête du voyageur. Et quel art magique les a suspendus ? C'est encore là une des énigmes de la science, et malgré des in-folios, un des dépits de la civilisation moderne. Son orgueil étonné se demande quelle puissance, dans ces temps réputés barbares, *parce qu'ils furent suivis de la barbarie*, a pu se jouer de telles masses (2).

Piliers ou traverses, l'œil retrouve ces blocs dans l'état où la nature les a produits, entièrement *bruts*, *tels que les employèrent les Hébreux dans leurs Beth-El*. Si cependant on s'aperçoit que, sur un seul point le ciseau les ait effleurés, c'est que le temps, ou plutôt les barbares, ont trahi le secret de l'architecte. La chute des blocs horizontaux au pied des pyramides, avec lesquelles leur contact paraissait si superficiel, qu'elles ne semblaient les soutenir que pour offrir à la première bourrasque une victoire facile ; cette chute, dis-je, œuvre laborieuse des hommes, a mis à nu les tenons et les mortaises qui formaient l'antique alliance. Quant aux blocs

(1) En Angleterre.

(2) Le mathématicien Renaud m'avait précédé de deux jours à Stone-Henge, où il était retourné à deux reprises. Une personne de Salisbury, à laquelle il avait communiqué ses *premières impressions*, m'assura que l'étonnement et l'admiration du savant étaient à leur comble.

aériens qui paraissent encore menacer le sol, on les voit dormir impassibles au sein des plus fiers ouragans.

Si ce n'était nous écarter de notre sujet, quel charme nous éprouverions à décrire l'impression produite par la vue de cet unique monument, de ces monstres de pierre qui se soulèvent grotesquement au loin comme des fantômes sur le sommet de l'immense plateau formé par le morne désert de Salisbury. Les observer dans le lointain, lorsque d'un pas lent on avance dans le vague du crépuscule, c'est voir un ballet de Cyclopes, et l'image est assez saisissante pour que ce soit là le nom populaire de l'antique Stone-Henge ; on l'appelle la danse des géants.

Ce monument absorbe l'attention tout entière, car, partout alentour, rien, si ce n'est d'un seul côté vers l'horizon, une masse d'arbres verts, à chevelure hérissée, aux rameaux courbés vers la terre ; funèbre parure de cette solitude où plane un silence de mort; à perte de vue, s'étend et fuit en pente insensible, une surface unie sous un gazon ras et serré.

Comme j'approchais, seul et pensif, une clochette tinta. Un troupeau s'avançait ; le berger vint nonchalamment s'étendre sur un des blocs dont la terre est couverte. Mais ce lieu de station, ce lit du désert, c'était la pierre victimaire peut-être! Et comment ne point se rappeler à cet aspect que les Druides qui, pour oindre leur Beth-El, substituaient à l'huile *le sang des victimes humaines* immolées *pour le salut du peuple,* faussaient encore une des traditions que les Celtes avaient emportées de leur berceau, et dont le crime même de leurs prêtres perpétuait le souvenir! Cette tradition, c'est qu'un homme devait périr pour racheter tous les hommes! Mais ce rédempteur c'était le Messie, figuré par la pierre ; le fils de Dieu, sinon le Dieu lui-même, dont ils adorèrent si longtemps l'unité dans leur Hésus (1).

Brisons sur Stone-henge, mais gardons-nous bien d'omettre l'importante observation du docteur Stuckley « que cet ouvrage ne fut construit *sur aucune mesure romaine.* » Voilà ce qu'il démontre par le grand nombre de fractions que donne la mesure de chaque partie. Au contraire, les nombres deviennent ronds en mesurant *d'après l'ancienne coudée*, *commune aux Hébreux*, *fils de Sem*, aux Phéniciens et aux Egyptiens, *fils de Cham*, et, comme on le voit ici, aux anciens Celtes, *descendants de Japhet;* c'est-à-dire à la postérité de Noé, étudiée dans ses époques primitives.

Dans une si exacte conformité de mesures originales, je vois une preuve à ajouter, et une *preuve violente* à celles qui proclament la source commune du genre humain. Le hasard n'est pas assez bon mathématicien pour lui en attribuer l'honneur ; tant serait trop !

Enfin, un linguiste moderne vient de nous faire observer, jusque dans les îles de l'Océanie, les traces du même culte. « Rien de plus curieux à lire dans les relations des voyageurs que la description des mystères célébrés par les initiés autour des Moraïs. Ces rites sombres et sanglants offrent des analogies frappantes avec les cérémonies du culte druidique. » Et ces moraïs, ajoute-t-il, formés de *pierres*, parfois énormes, servaient de sépulture aux grands personnages, et étaient consacrés aux divers ordres de dieux (2).

(1) Le mot celtique Hésus et celui qui exprime en hébreu le nom du Sauveur ont-ils le même rapport que Jésus, Hésus ? que le mot grec Zeus, prononcé Ze-us et Hésus, où il n'existe de différence qu'une transposition de lettres?

(2) Des langues et de la littérature des archipels d'Asie, par

Après avoir accumulé tant d'exemples pour constater l'existence du culte primitif des pierres brutes, symboles du Messie et monuments ou témoignages universels *de la révélation*, nous allons suivre les métamorphoses de la pierre. Les dégradations du culte marchent du même pas que le perfectionnement de la matière qui en est l'objet.

Lorsque les aérolithes, plus merveilleux dans leur origine que les véritables Beth-El, eurent succédé à ces premières pierres, l'art imita ces mêmes aérolithes afin de les multiplier et de satisfaire, chez des hommes aussi corrompus que superstitieux, le besoin de porter avec soi, comme pour le maîtriser, un Dieu protecteur.

Ainsi naissait le fétichisme.

Mais ce n'est point là notre affaire. Suivons les pierres, et cherchons à nous éclairer des précieuses lumières de M. Raoul Rochette. Le premier pas est bien marqué. « A défaut de véritables aérolithes, on en copiait la forme en Phénicie ou ailleurs...On peut rapporter à cette imitation les talismans et les pierres sacrées des Babyloniens en cônes arrondis. « Mais peu à peu la forme sacramentale s'altéra, et comme d'une part elle devint tout-à-fait ovoïde, pour rappeler l'œuf du monde, la génération des êtres, de l'autre, le bétyle se changea parfois en colonne et se rapprocha de la figure du Phallus, pour offrir un symbole de la force qui présida à la génération de l'univers. »

Plaçons ici cette remarque tirée de la grande histoire universelle anglaise, « que les Égyptiens et les Phéniciens regardaient l'œuf comme le principe de toutes choses et le re-

Ed. Dulaurier, professeur des langues Malaise et Savanaise, à l'Ecole royale des langues orientales, bibliothécaire du Roi. — *Revue des deux Mondes*, 15 juillet 1841.

présentaient comme sortant de la bouche d'un serpent, emblème de la sagesse. » Le serpent est l'emblème de la prudence mais non point, que je sache, d'une sagesse créatrice, et je vois dans cette figure un symbole biblique, au sens oublié, qui me rappelle la souillure du monde dans son germe par le rusé reptile.

Quoi qu'il en soit, comme le vulgaire avait oublié le sens rappelé par la matière ou le monument, et avait vu le dieu dans le symbole, une fois emporté par la fougue des passions, dont l'éclipse des vérités favorisait le déchaînement, il devait s'éloigner avec une facilité toujours croissante de la pensée cosmogonique, figurée par l'image obscène du Phallus. Bientôt donc la fausse conscience, si flattée de ces accouchements d'erreurs dont elle est perpétuellement en travail, s'applaudit de pouvoir y découvrir la consécration de l'impureté. Heureuse obligation pour elle que celle de fêter *le Dieu* en se livrant aux passions dont le signe qui le représentait figurait aussi l'organe. La corruption de l'esprit et celle du corps faisaient les mêmes progrès que la corruption de la foi, et cela est aussi logique que digne de remarque.

Bientôt « on se prit à considérer, dit M. Rochette, que deux principes étaient nécessaires à l'exercice de la force génératrice ; l'action du principe mâle et celle du principe femelle. Au lieu d'une colonne, d'un cône, on en fit deux. Ce furent les deux colonnes qui se trouvèrent à l'entrée de tous les temples phéniciens, à Paphos, en Chypre et même à Jérusalem. » Il nous semble probable, quant à nous, pour les temples d'idoles, et certain pour le temple du vrai Dieu, que ces colonnes, si tant est qu'elles figurassent en guise d'emblème, ne représentaient que le Beth-El, rappelant ainsi les idées, vraies ou fausses, que les peuples attachaient à ce signe, chacun suivant l'état de sa religion.

« De transformation en transformation on arriva jusqu'à la figure humaine, sans renoncer aux anciennes idées. Les deux principes s'unirent dans un seul personnage sans se confondre, et l'on eut des divinités hermaphrodites comme *Janus-Jana*, Vénus homme et femme. Cependant le Dieu hermaphrodite le plus ancien était une colonne (ou simple bétyle allongé) avec deux têtes au sommet, l'une barbue, l'autre non. Cette forme de deux têtes adossées se voit dans les médailles de Ténédos et dans bien des figures de *Janus-Jana*. La Diane d'Éphèse n'était elle-même, dans le principe, qu'une sorte de poteau et presque de phallus (imitation de bétyle). Plus tard, on y ajouta une sorte de gâme, une tête humaine, des bras, des jambes. On ne peut guère douter qu'elle n'ait été une imitation de l'Astarté phénicienne. »

Maintenant qu'était Astarté, l'Astaroth des livres sacrés, sinon le principe femelle séparé du principe mâle? Astarté était chez les Phéniciens la femme de Baal (le Seigneur), c'était une personnification antique du principe femelle de la nature et la même divinité que l'Isis d'Egypte, la Mylitta de Babylone (1), l'Anayd de l'Arménie, la Diane d'Éphèse, de Tauride, de Perga, la Junon de Samos, la Cupra étrusque, la *Déméter* (ou *déesse mère*, *pierre de Pessinunte*), l'axiokersa, la Cérès, l'aphrodite, etc., de Grèce; car les formes se multipliaient à l'infini; mais les *idées fondamentales restaient les mêmes*, les différences n'étaient le plus souvent qu'apparentes et à la surface des choses (2).

(1) Dans le temple de laquelle toutes les femmes devaient se prostituer une fois en leur vie. Les plus puissantes pouvaient, à ce qu'il paraît, le faire par procuration (Hérodote).

(2) J'engage à consulter, sur cette curieuse identité du même

« En effet Astarté était la déesse principale du ciel, se révélant aux hommes dans la lune; c'est pourquoi on l'appelait Astro-Arche (qui préside aux astres), on la considérait comme la nature personnifiée. » Et comme, dans ces recherches, une pente invincible nous ramène à l'idée primitive des Beth-El, voici que « les monuments les plus anciens nous offrent cette déesse sous la forme *d'une pierre* conique, blanche. Telle a été la Vénus de Paphos, et telle aussi paraît-elle sur quelques médailles de Chypre et quelques pierres gravées. La même forme se reproduit à Sardes, à Pergame et ailleurs. Nous avons déjà dit qu'elle retrace à la fois l'idée de l'œuf du monde, de l'aérolithe et du bétyle, » copie du Béthel, figure primitive du Messie, *auteur de la nature : per quem omnia facta sunt.*

« Aussi cette forme fut-elle employée de préférence dans cent endroits différents : à Laodicée, à Pessinunte, à Sidon, à Tyr, à Carthage, à Malte, en Étrurie, dans le Latium; on la voit reparaître dans les monuments de tout genre. Tels sont les tombeaux coniques en forme de phallus, si fréquents dans la Toscane et chez les Latins... Tels le tombeau des Curiaces près d'Albano, les Nuraghes sardes, etc., etc.

Quant à la déesse phénicienne, personne ne doute qu'une de ses formes n'ait été véritablement celle du *bétyle.* Mais Astarté, à une époque plus récente, prit aussi la forme d'une femme ayant une tête de vache. C'est Sanchoniaton qui le dit(1); on la reconnaît, sous un type semblable, dans la

dieu sous mille noms différents, Pignorius, *Mensæ Isaïcæ expositio*, p. 1. 2.

(1) Auteur dont l'existence a été révoquée en doute. Voyez d'ailleurs Ph. Lebas, *Revue des deux Mondes*, sur la découverte d'un manuscrit contenant la traduction de Sanchoniaton, par Philon de Byblos.

vache d'or de Jéroboam, l'Io des Grecs, la statue de femme à cornes de vache que Didon consacra, que les Carthaginois, puis les Romains adorèrent après l'avoir enlevée à leurs rivaux.

La troisième forme est celle d'une divinité androgyne (homme et femme); c'était ainsi que s'offrait aux regards la Vénus d'Amathonte, en Chypre (1). Sous cette apparence, la déesse phénicienne était *Lunus-Luna* (la déesse Nature et son mari). Telle on la voyait à Carra en Mésopotamie, nouveau type de la double forme de la nature mâle et femelle. »

Il est temps de s'arrêter, car les dimensions de cet aperçu dépasseraient bientôt toute mesure. Ce qu'il est facile de découvrir, et l'on en conviendra, je l'espère, c'est qu'en remontant le plus haut possible dans les traditions de tous les peuples, en interrogeant leurs chroniques, en soulevant la gaze de leurs fables, nous rencontrons, presque partout, comme moyen ou occasion première d'idolâtrie, ces fameux Beth-El, *chefs matériels des dieux*.

Et comment les Beth-El devinrent-ils l'occasion de l'idolâtrie? c'est qu'à ces signes primitifs se rattachait la plus ancienne, la plus auguste des traditions : la promesse formelle du Messie, objet capital de la révélation.

C'est que dans le Beth-El se trouvait une substance que la main pouvait toucher, un symbole matériel! C'est qu'une fois l'intelligence détrônée par les sens, le signe sensible seul devait continuer de subsister et recueillir sans partage les honneurs rendus, dans les temps de clairvoyance, à l'idée dont il était l'expression : l'idée du Messie.

(1) Signum Cypri, barbatum corpore, in veste muliebri, cum sceptro et statura virili, et putant eamdem marem ac feminam esse. Macrobe, sat. s. S.

Chemin faisant, il nous est arrivé de jeter quelques coups d'œil sur les origines des peuples. En examinant ces peuples, sur les points les plus variés du globe, nous avons suivi, comme un fil précieux dans le labyrinthe des recherches généalogiques, les croyances contemporaines de leurs premiers établissements; ou, en d'autres termes, les croyances qu'ils avaient apportées de leur berceau. Eh bien! il n'est aucune de ces régions du globe, prise comme point de départ, qui ne nous ait sûrement ramenés *à un seul et même centre, patrie primitive de l'homme*.

A mesure que les allégories qui nous avaient offusqués s'éclaircissaient, nous parvenions, comme invinciblement entraînés, aux vérités capitales que proclame une histoire reconnue par la critique comme l'aînée de toutes les histoires : j'ai nommé les livres de Moïse.

Appuyé sur ces témoignages, et sur ceux que nous *prodiguent* les sciences dans leurs rapides et magnifiques progrès, nous craindrons moins que jamais de le dire : dans toutes les œuvres de l'esprit humain, non moins que dans toutes les pages du livre de la nature, nulle vérité ne se montre plus constante que celle d'une race unique, créée par un seul Dieu, rachetée par le Messie, son fils unique, et recevant, comme le guide et le flambeau de la vie, une religion seule et unique, parce que la vérité est une. Toutefois, si le public des savants m'accordait sans réserve cette importante vérité, les Écritures mentiraient, et il faudrait se hâter de reconnaître la fausseté de cette prophétie par laquelle fut salué, presque à sa naissance, le chef de cette religion, le Christ, que le vieillard Siméon appelle, presque aussitôt qu'il l'aperçoit, un signe de contradiction, *signum cui contradicetur*.

GOUGENOT DES MOUSSEAUX
(de Coulommiers.)

Imprimerie d'A.-T. BRETON, rue Montmartre, 131.

www.ingramcontent.com/pod-product-compliance
Ingram Content Group UK Ltd.
Pitfield, Milton Keynes, MK11 3LW, UK
UKHW020359250726
13967UKWH00005B/2367

9 782013 559027